AF356935

VENTE AUX ENCHÈRES PUBLIQUES
HOTEL DROUOT, SALLE N° 1

Le Lundi 11 Novembre 1912

à deux heures

OBJETS D'ART & D'AMEUBLEMENT
ANCIENS & DE STYLE

Porcelaines, Céramique, Verrerie, Bronzes, Pendules
Objets variés, Tableaux

MEUBLES ANCIENS

Commodes, Sièges, etc.

BEAUX MEUBLES MODERNES

de Mati, Maubert, Drouard

Grande armoire décorée au vernis
Vitrine, Bibliothèque, Tables, Sièges, Petits meubles
Tentures

EXPOSITION PUBLIQUE

Le Dimanche 10 Novembre 1912, de 2 heures à 6 heures

COMMISSAIRE-PRISEUR :

Mᵉ ANDRÉ COUTURIER
Successeur de M. TUAL
56, rue de la Victoire

EXPERT :

M. GEORGES GUILLAUME
13, rue d'Aumale
PARIS

CONDITIONS DE LA VENTE

Elle sera faite au comptant.

Les adjudicataires paieront *dix pour cent* en sus des enchères.

L'exposition mettant le public à même de se rendre compte de l'état et de la nature des objets, aucune réclamation ne sera admise une fois l'adjudication prononcée.

Paris. — Imp. de l'Art, Cн. Berger 41, rue de la Victoire.

DÉSIGNATION

TABLEAUX

1 — Dumoulin (Louis). La Japonaise. Toile.

2 — Japy. Aux champs. Toile.

3 — Stella (École de Jacques). Figure allégorique. Panneau.

4 — École flamande. Le Petit Pâtre. Panneau.

5 à 10 — Tableaux, de différentes écoles. (Seront divisés.)

PORCELAINE, CÉRAMIQUE
VERRERIE

11 — Trois petits pots à crème et leurs couvercles en ancienne porcelaine de Paris.

12 — Petite verseuse en porcelaine de Paris, à fleurs.

13 — Compotier en ancienne porcelaine de Boissette, à décor de fleurs et dorures.

14 — Sucrier couvert à plateau adhérent; mêmes porcelaine et décor.

15 — Moutardier à plateau adhérent; mêmes porcelaine et décor.

16 — Jardinière en porcelaine de Chine, à décors bleus, et grand bol en céladon de la Chine.

17 — Théière couverte en ancienne porcelaine de Chine.

18 — Bol en ancienne porcelaine de Chine. Époque Kien-lung.

19 — Trois bols en porcelaine de Chine à personnages ; fonds ornés de poissons.

20 — Trois soucoupes en porcelaine de Chine,
à dorures sur fond bleu.

21 — Deux assiettes en ancienne porcelaine de
Chine, à semis de bouquets. Époque Kien-
lung.

22 — Autre assiette, même porcelaine, à décors
d'échassiers parmi des fleurs et des meubles.

23 — Autre assiette, même porcelaine, à décors
d'arbustes au fond, et au marli de papillons
en réserve sur fond vert. Époque Kien-lung.

24 — Deux assiettes en ancienne porcelaine de
Chine, à décors de personnages musiciens.

25 — Deux grands plats en porcelaine de Chine,
à décors bleus.

26 — Plat long octogonal en ancienne porcelaine
de Chine, à personnages et meubles. Époque
Kien-lung.

27 — Plat rond en ancienne porcelaine de Chine,
à décors de fleurs et oiseaux. Époque Kien-
lung.

28 — Trois assiettes plates et cinq creuses en
ancienne porcelaine de la Compagnie des
Indes, à personnages, fleurs et balustrades.

29 — Trois assiettes creuses, même porcelaine,
à décors de fleurs rouges au fond.

3o — Trois autres, même porcelaine, à décors
de fleurs et double quadrillage au marli.

3 1 — Trois assiettes en ancienne porcelaine de
la Compagnie des Indes, à bouquet central
et guirlandes au marli.

3 2 — Deux autres, même porcelaine, à décors
de buissons fleuris.

33 — Assiette octogonale, en ancienne porcelaine de la Compagnie des Indes, à décors
d'arbustes fleuris au centre, avec bandes
bleues et or au marli.

34-35 — Quatorze autres variées en ancienne
porcelaine de la Compagnie des Indes.

36 — Plat oblong en ancienne porcelaine de la
Compagnie des Indes, décoré de deux roses;
marli à quadrillages.

37 — Plat rond, même porcelaine, décoré d'ar
moiries au fond.

38 — Plat long et creux, même porcelaine, à bouquets et double rang de palmettes.

39 — Deux compotiers, forme coquille, en ancienne porcelaine de la Compagnie des Indes, à semis de fleurettes et décors à rocailles.

40 — Théière et tasse en ancienne porcelaine du Japon.

41 à 45 — Dix-huit assiettes en ancienne porcelaine du Japon, à décors polychromes.

46-47 — Dix-neuf assiettes en ancienne porcelaine du Japon, à décors bleus.

48 — Deux plats variés en porcelaine du Japon polychrome.

49 — Deux autres en ancienne porcelaine du Japon, à décors fleuris et marli quadrillé.

50 — Grand plat en porcelaine polychrome du Japon.

51 à 56 — Lot de tasses, bols, soucoupes, assiettes et pièces variées en porcelaine de Chine et du Japon. (Sera divisé.)

57 — Trois compotiers carrés et un long, munis d'anses, en faïence décorée.

58 — Paire de flambeaux en faïence décorée à rocailles.

59 — Coupe couverte en porcelaine décorée ; monture en bronze.

60 — Buste de Marie-Antoinette, en plâtre.

61 — Deux vide-poche, de forme ovoïde, en verre artistique.

62 — Bonbonnière ronde en verre artistique.

63 — Service à fruits, comprenant une grande coupe et huit petits récipients, forme feuilles de vigne, en cristal décoré.

64 — Douze gobelets à liqueur en verre de Venise.

65 — Service-verre d'eau en cristal doré, comprenant : carafe, carafon, verre et sucrier.

66 à 70 — Lot de pièces variées en céramique et verrerie. (Sera divisé.)

71 — Lot de pièces en céramique, verrerie, émail, etc.

BRONZES, PENDULES

OBJETS VARIÉS

72 — Pendule d'applique et son socle en marqueterie de cuivre, ornée de bronze et surmontée d'une statuette de Renommée. Style Louis XIV.

73 — Horloge en marqueterie de cuivre, ornée de bronze, à mascarons, cariatides et volutes. Style Louis XIV. (Socle assorti.)

74 — Petit socle d'applique en bois de placage et bronze.

75 — Grand lustre en bronze et cristaux.

76 — Lustre en bois sculpté et doré. Style Louis XIV.

77 — Paire d'appliques en bronze ciselé, munies de trois lumières, préparées pour l'électricité. Style Louis XVI.

78 — Cassolette en bronze argenté, formée de deux femmes debout, soutenant un récipient couvert.

79 — Porte-bouquet, forme double poisson, en bronze patiné.

80-81 — Deux cloches en ancien bronze patiné de la Chine.

82 — Quatre couvercles variés en bronze patiné de la Chine.

83 — Jardinière rectangulaire en bronze patiné de la Chine.

84 — Figurine de personnage chinois en bronze patiné.

85 — Lot d'appareils d'éclairage en bronze et cuivre, disposés pour le gaz. (Sera divisé.)

86 — Figurine de mandarin en pierre de lard.

87 — Arbuste en pierre de lard.

88 — Fort lot de socles en bois de fer, pierre de lard, métal, etc. (Sera divisé.)

MEUBLES ET SIÈGES

TENTURES

89 — Commode en marqueterie de bois de placage, à trois tiroirs, munie de poignées et serrures en cuivre, flanquée de colonne et couverte d'un marbre brèche. Époque Louis XVI.

90 — Commode en acajou, à quatre tiroirs, ornée de bronzes, flanquée de colonnes engagées à demi-bagues et couverte d'un marbre noir. Époque Empire.

91 — Commode en acajou, à trois tiroirs, ornée de bronzes. Époque Louis XVI.

92 — Commode en acajou, à trois rangs de tiroirs ; montants et pieds à cannelures, poignées et serrures en cuivre ; dessus en marbre gris veiné. Époque Louis XVI.

93 — Commode en bois de rose marqueté à torsades, munie de trois tiroirs, avec serrures et poignées de cuivre. Époque Louis XVI.

94 — Petite commode en placage d'acajou, ornée
de bronzes et munie de trois tiroirs ; dessus
en marbre rose veiné.

95 — Commode en noyer à trois rangs de tiroirs
ornés de bronzes. Époque Régence.

96 — Bureau en bois de placage, marqueté de
quadrillages, surmonté d'une étagère avec tiroirs, casiers et horloge, orné de bronzes à
feuillages et posant sur pieds cambrés. Style
Louis XV. *Maison Mati.*

97 — Bureau à dos d'âne en bois de violette,
orné de bronzes et posant sur pieds cambrés.

98 — Petit meuble-classeur en bois sculpté à rosaces et décoré au vernis d'un amour parmi
des colombes ; il pose sur pieds cambrés.
Style Louis XV. *Maison Drouard.*

99 — Vitrine en bois peint gris et partiellement
doré à guirlandes, rinceaux, palmes et
chutes ; elle est munie de deux portes. Style
Louis XVI. *Maison Mati.*

100 — Bibliothèque en bois sculpté peint gris et
partiellement doré à guirlandes, palmes et rosaces ; elle est munie d'une porte grillagée.
Style Louis XVI. *Maison Mati.*

101 — Vitrine haute en acajou, ornée de bronzes ciselés et dorés. Style Louis XVI.

102 — Chiffonnier à sept tiroirs en noyer, flanqué de colonnes à cannelures. Époque Louis XVI.

103 — Meuble, à deux corps vitrés, en bois noir, avec incrustations de nacre et d'ivoire, flanqué de colonnes à la partie supérieure et surmonté d'un fronton voussuré. Travail italien.

104 — Meuble-desserte à hauteur d'appui, de forme cintrée, en acajou et bronzes, muni de quatre portes et de quatre tiroirs. En partie d'époque Louis XVI.

105 — Meuble d'entre-deux, de forme cintrée, en citronnier marqueté d'amarante, muni d'un tiroir et de deux portes et couvert d'un marbre gris veiné. *Maison Maubert.*

106 — Petite armoire à hauteur d'appui en bois de rose marqueté à cubes, munie d'un tiroir en bas, de deux portes grillagées et couverte d'un marbre veiné à galerie de bronze. Style Louis XVI. *Maison Maubert.*

107 — Grande armoire à deux portes pleines, en bois sculpté à rocailles, fleurs, feuillages, moulures, torsades et pieds-volutes ; elle est décorée au vernis d'amours enrubannés sur des nuées, et de personnages dansants, par *Balavoine*. Style Louis XV. *Maison Drouard*. —

108 — Table ovale en citronnier marqueté d'amarante, posant sur quatre pieds carrés à sabots et couvert d'un marbre gris veiné. *Maison Maubert*.

109 — Table-coiffeuse, de forme rognon, en bois sculpté et laqué blanc, partiellement foncée de canne et munie d'une triple glace. Style Louis XVI.

110 — Table Henri II en bois naturel sculpté à palmes, rosaces et mascarons, et munie d'un entrejambe à trois barreaux.

111 — Colonne-support en bois laqué blanc et partiellement doré à cannelures et guirlandes Style Louis XVI.

112 — Deux paravents à trois feuilles ornées de gravures et de soierie ; monture en bois laqué blanc. Style Louis XVI.

113 — Écran à doubles feuilles mobiles ornées de gravures ; monture en bois naturel sculpté à pommes de pin, et pieds-volutes. Style Louis XVI.

114 — Salle à manger en noyer sculpté, comprenant un buffet, une table et six chaises. Style Renaissance.

115 — Mobilier de salon en bois doré à feuillages, rosaces et rais-de-cœurs, couvert de soierie à vases fleuris, et comprenant un canapé, quatre fauteuils et deux chaises. Style Louis XVI.

116 — Canapé en bois peint gris, couvert de soierie à fleurs.

117 — Canapé, forme bateau, en bois sculpté et doré, foncé de canne et couvert d'un coussin mobile en soie brochée à fond vert d'eau. Style Louis XV. *Maison Mati.*

118 — Petit canapé marquise en bois sculpté et doré à torsades de feuillage, couvert de soie brochée à médaillons et guirlandes. Style Louis XVI. *Maison Mati*

119 — Deux bergères en bois sculpté et doré, foncées de canne et couvertes de coussins mobiles en velours ciselé violet à quadrillages. Style Louis XVI. *Maison Mati.*

120 — Deux bergères carrées à dossiers bas, entièrement couvertes de velours frappé mauve à fleurettes et garni de franges. *Maison Drouard.*

121 — Paire de fauteuils en bois laqué gris à rosaces et cannelures, dossiers renversés et couverts de soieries à fleurs. Époque Directoire.

122 — Deux autres, couverts de même étoffe, à dossiers droits. Époque Directoire.

123 — Quatre fauteuils et trois chaises en bois naturel sculpté à fleurs, couverts de velours frappé chaudron. Style Régence.

124 — Paire de fauteuils en bois laqué blanc et partiellement doré, signés : *P. Briʒard*, recouverts de satin moderne à fond vieux rose. Époque Louis XVI.

125 — Deux autres semblables, recouverts de satin à fond gris.

126 — Petit fauteuil en bois sculpté et doré, à fond de canne. Style Louis XVI. *Maison Mati.*

127 — Quatre chaises Louis XIII, couvertes de peluche chaudron à clous apparents.

128 — Banquette à pied X en bois sculpté et doré à rosaces et griffes, recouverte de soie brochée à paniers fleuries sur fond vert d'eau. *Maison Mati.*

129 — Banquette à pieds X en bois sculpté à rocailles et feuillages, recouverte de velours de Gênes à fleurettes. Style Louis XV. *Maison Mati.*

130 — Pouf en bois laqué gris, couvert de soierie à fleurs. Époque Louis XVI.

131 à 141 — Lot de meubles, de divers styles et de fabrications variées : armoires, tables et sièges. (Sera divisé.)

142 — Grand tapis persan, à décor d'arabesques sur fond crème. — 6 mètres sur 5 m. 70 cent. environ.

143 — Portière en damas vert, avec applications de filets.

144 — Lot de morceaux d'étoffes, soieries, damas, moires, etc. (Sera divisé.)

145 à 147 — Lot de rideaux et portières variés. (Sera divisé.)

148 — Objets omis.

www.ingramcontent.com/pod-product-compliance
Lightning Source LLC
LaVergne TN
LVHW011503170726
843501LV00009B/3585